KB154128

우리 별의 봄

장석 시집

# 우리 별의 봄

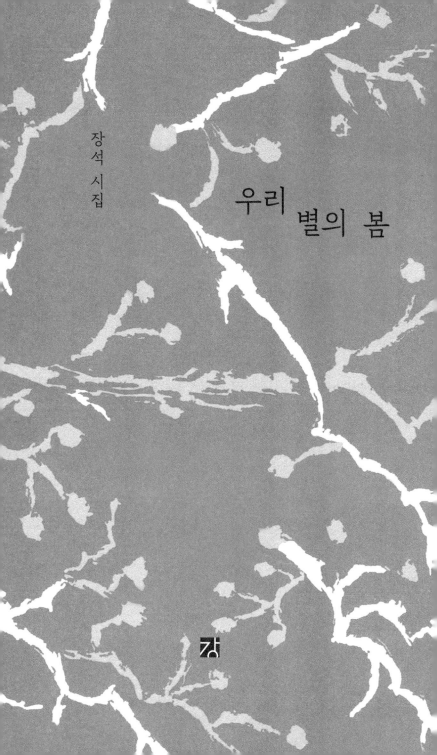

강

벗에게

우리는 여전히 한 알의 씨앗에

함께 들어 있으므로

차
례

## 3부

## 4부

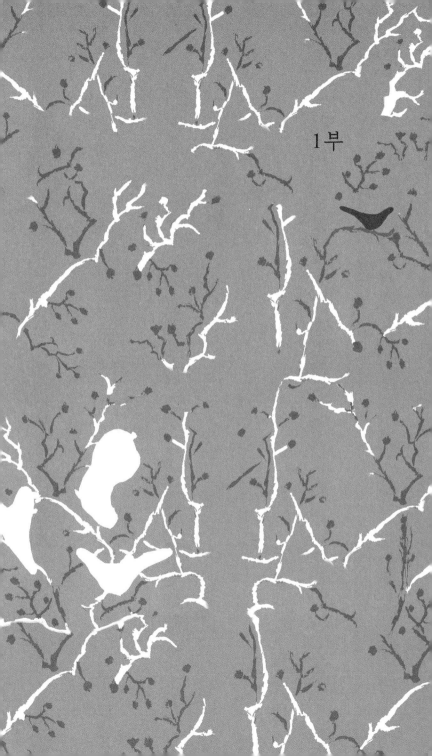

1부

# 봄, 북위 37도 20분 23.75초

딱 나의 정면에서
키는 내 가슴께까지밖에 안 오는 것이
이 우주의 땅꼬마가

홍매는 혼자서 젖과 피를 내어
가지 끝마다
마침표 같고 느낌표 같은 망울을 맺고 있네

그의 북위 37도 20분 23.75초에서
붉은 눈망울이
우리 별의 봄이 열리고 있네

가장 가까운 켄타우로스별에서는 이내
경이를 넘어서는 무척 먼 은하에서도
이 일은 기어이 발견되리라

동경 127도 5분 12.43초
북위 37도 20분 23.15초에서

붉어진 내 심장도
곧이어 관측되리라

# 배후

내 뒤로는 은하가 흐르고
내 앞에는 홍매꽃 핀 봄이 있다

바람에 조금씩 흔들리고 있는
저 한 송이 한 송이
곧 붉은 별들이 될 것이다

내 친구는 흰 옷 검정 고무신으로
아직은 황도를 따라 천천히 걷고 있구나

토성의 둥근 고리에 바늘을 올려주렴
노래가 유성비처럼 쏟아져 내리고

또 여름 지나면 더 멀리 가리니

온 우주가 나의 배후다

# 통영 바다의 새해 경제계획

남쪽 항구의 바다에는
겨울 햇살이 한 숟갈 더 내린다

해안로 지나는 내 목덜미 일순 서늘하더니
괭이갈매기 그림자는
한일호 사무실 지붕을 지나
고기운반선의 갑판을
이물에서 고물까지 내리훑고
한산섬식당 수조 안의
쏨뱅이며 뿔래기를 날카롭게 베어보며
남망산 비탈 쪽으로
마치 날아가듯이

나는 단지 새 그림자의 검은 꼬리깃만을
열망하는 부리의 노란 끝만을
바다에서 불어오는
갯비린내만을 보았을 따름이었다

늘 그렇듯 세상은
태어나는 파도 마루에 올랐다가
이내 소멸의 협곡으로 들어간다


이 항구의 바다에서 지금
멸치도 아귀도 물메기도 조개들도
그리고 생각이 조류에 풀어져버리곤 하는
바닷말도
한 해 살림살이의 계획에 골몰한다


신생을 어림하자고 해도
선망배와 통발배 선단과 뱃사람이
또 그물이며 어구가 얼마나 힘센지
요각류는 이 바다를 다시 가득 채울지


알과 정액을 위해 얼마나 애써야 하며
우리 무리의 앞에는
몇 개의 운명이 밀려오고 있으며

그중 어떤 손을 잡아야 하는지

믿을 수 없이 짧거나
놀랍게 길지도 모를 나의 시간은
어떤 물결을 따라왔다가
언제 헛되이 썰물로 다시 빠져
종국에는 깊은 해저로
눈처럼 내려 쌓여갈 것인지
골똘히 따져볼 일이다

해가 바뀐 오늘
해안로에서
시간의 된바람은 더욱 빠르게 불어간다

# 통영 강구

비가 다녀가셨구나
바다는 멀쩡하나 뭍에는 흔적이 있다

담배를 문 사내가
저만치 걸어가는 강구 해안길

어상자를 받치고 그물을 얹은 간이 덕장
간밤 비에 젖었던 것들이
새로 햇볕과 해풍 아래 펼쳐져 있다

옷을 다 벗고 배를 가르고
온몸에 가득했던 평형을 빼내고
불알도 자궁도 남김없이 내놓았으니
치욕도 잘 말리면
거룩하고 맛나기조차 하리니

가자미 물메기 가오리 달갱이 깨돔
그리고 나

거북선의 탈을 쓴 어떤 것 앞

수레 옆의 노인

폐지를 펴 말리고 있다

# 통영항 1

검은 바다가 쓰러졌다
새벽의 뿔에 찔려

오카리나 속으로 들어갔다가
나중에 구름으로 태어나렴

불타는 테두리의 함성은
자신의 식민지 외딴 변방에서
수없이 태어나고 있는 푸른 파도들 위로

은빛 양복 차림의 아침은
넥타이와 허리띠를 갈치로 메고 둘렀구나

사랑에 빠지지 않은 오늘은 없다
입을 벌린 것들도
단호히 다문 것들도

이곳에서 저곳으로

건너갔던 시간을 기억한다

동충에서 남망산 입구 동피랑 아래까지
시위를 당긴 활처럼
만곡한 강구를 건너는 나루

사공은 직선의 줄을 잡아당기지만
출렁출렁 갈지자의 곡선으로 나아가던
도선 위의 나

# 통영항 2

그림자조차 넘쳐흐르는 것을 보려면

넘치며 끓어오르는
금빛 윤슬과 푸른 물빛과
바닷새들의 갈망을 채우기에는
턱없는 부족을 보려면

우리의 몰골에 쏟아지는
빛의 폭우를 온종일 보려면

여기에 서 있을 일이다

마찬가지로
어떤 곳에서
어떤 이가 본다면 그러하리라

내가 이렇게 걸어가는 모습도

이 바다의 길을 열며

저렇듯 느리게 지나가는 배처럼


자신의 삶을 조금씩 베며

안쓰럽게 나아가는 고깃배처럼


금빛 폭우를 뒤집어쓰며

흔들리면서

# 그 섬의 몽돌

당신과 바다의 경계
그곳에 있는 것들 중에
때로는 당신에 속하고
때로는 물에 잠기는 것들 가운데
조약돌을 닮은 심장을
단단한 방심과 믿음을
손에 쥐었다가
참 멀리 떨어진 내 방으로 가져왔다

언제나 펄럭여 읽기 힘든
미혹의 책장 위에
흩어져버리곤 하는 약속 위에 놓였다가
종국에는 잊히고
시간의 먼지를 뒤집어쓰고 있는
당신의 마른 조각을

손에 다시 쥐고
온기를 면밀히 들여다보고

귀에 대고
아기의 태동 같은 움직임을 재고

차와 배를 타고
해안길을 등껍질이 붉은
게와 같이 걸어가
그 장소에
바다와 당신이 만나던 그곳에
바닷새의 발자국 옆에
내가 만들었던 발자국 옆에
나는 다시
내려놓아야 하리라

그림자에게 심장을 주고
방심으로 인해 가난을 낳은 당신
내가 드렸던 허언도
끝없이 반복되는 파도에
돌돌 소리 내며 구르면서

한 개의 작고 검은 물자갈이 되기를

이 숱한 몽돌들은
이 세상의 시간들이 공들여 만든
하나하나가 확고하게 단단한 진실

세상의 모든 경계는
당신과 바다 사이의 해안은
반은 절망에 잠기고
반은 희망의 햇빛에 노출된다
달의 의지에 의해
달빛이
내 모래시계를
다시 한 번 뒤집어준다면

# 섬 모과

교목은 팔손이나무
교화는 동백꽃

반은 빛 아래 반은 나무 그늘 아래
텅 빈 수업 중인 섬 분교

더러는 뭍으로
더러는 빛으로 어둠으로

자벌레도 한나절이면
섬 둘레를 돌 수 있는 무인도

빈 마을 빈집의 빈터에
모과 한 알 누고 간 그는
엉덩이를 닦을 일도 없었으리라

볕 아래에
향기로 빚은 섭리 한 덩어리

너는 섬을 떠나지 말아라

# 섬 볕

볕은 오로지
시금치와 어린 쑥을 향하고

바람도 길을 바꾸고 걸음을 늦춰
노동에 함께한다

봄 입맛을 다시기 전
네 기도를 바람에 날려 보내라

이리하려고
어렵게 솟은 섬으로

# 봄 편지

통영의 봄은 벌써 청년이 되었어
바다와 몸을 섞었는지도 몰라
그 유혹을 어쩌겠어
봄밤이 등을 떠밀었을 터인데

모든 배들이 그 물결에
폐선까지도 삐걱거렸겠지

봄이 애를 낳으면
우리가 키우자

# 안부

거기도 대단하겠지

시장 안에서 이른 해장하고 나서는데
벌써 다 자란 해가 바라보는 거야
불길이 이글거리는 눈
너 한잔했구나라고
금빛 갈기를 흔들며 말이야

항구는 어제 일조량이 많아
해수면으로부터
우럭 새끼 한 마리의 깊이로
햇볕이 녹아 꿀처럼 진득거렸어
배가 물살을 가르기 힘들 만큼

어젯밤 내내 굉장했던 소리는
새벽이 오기 전 출항해야 하는 멸치배들이
여름 바다의 결제를 쇄빙하며
어떻게든 나아가려 했던 것일 터이지

여기도 땅에서는
나무의 뿌리에 닿을 듯
햇볕이 땅을 후벼 들어가
곧 익어 떠날 것들의 심장을 달구고
생명을 불어넣는 풀무질을 하고 있네

불티가 우리 얼굴에도 튀곤 하지만
이 일은 몹시 중요하니
나를 비롯한 축생은
다소 참고 견디라는 것일까

너희 두 손에는 머지않아
이 결실이 얹어지리라 위안하며

그러니
폭염에 거꾸로 매달려 있는 우리 생
밥도 타고 입도 타버려

한낮은 주려야 하는 우리 생

반은 까맣게 반은 빨갛게 기다리자

노각 한 개
여주 한 개
그리고 포도 몇 알

두 손에 쥐어지길 바라며

# 항구

술에 쓰러졌던 남자
새벽이 흔드니

장화를 신고
입에 문 담배 끝에 불 밝히며
바다로 나간다

갑판 위에서는 당당히 서서
달려드는 파도의 멱을 잡겠다는 듯

물 끓기 시작하는 솥은
아직 그을음과 어둠으로 덮여 있다

졸복을 다듬고 상사리를 썰러
그이가 나온다

모두 다 해낸다

# 파도와 자벌레

바다 위를 땅 위를
오체투지로 하염없이 간다
그 먼 길

평생의 일로
세상을 껴안으며 재본다

이 농어는 세 치 가웃
봄에 새로 벋은 가지는 반 자

쫓고 쫓기는 것들의 거리를
희망과 절망의 거리를
이 시대의 마지막 발자국은 몇 문인지를

새와 비행기처럼
파도와 자벌레는 같은 종이 아니지만

자신의 처음과 종말을

헤엄과

오체투지로


수평선으로

지평선으로 이어 나간다

# 섬

너로구나

무등을 타고
바다 위로 고개 내민 새미 무동 같은

섬

수평선은
네 눈과 내 눈을 잇고

너를 바라보는 나도
까치발을 한
가까스로

섬이다

# 충적세의 굴

검은머리도요새가
처음 내 몸을 열었다

그대의 산은 비어 있고
팥배나무 열매만 붉었을 때

언덕에서는
동백꽃이 눈을 붉히며 바다를 바라보다
목 꺾여 떨어져 이승으로 돌아올 때

바다에서 배가 아직 없고
들에서는 살육이 태어나기 전

새는 내 고요를 쪼고
다시 하늘로 향했을 뿐이다

빙하기의 얼음을 밟고
먼 길을 걸어 그대는 왔고

신이 만든 가장 단단한 봉인을
이제는 아무렇지도 않게 열고
나를 삼키고 버리는
충적세의 그대

내 침묵의 살은
그대의 내부로 들어가
어떤 이야기를 하였는가

조개무지 위에서
그리고 이제 그 위에 솟은
신도시에 이르기까지

조개껍질 안의 침묵은
다만 소란의 번성을 만들어왔는가

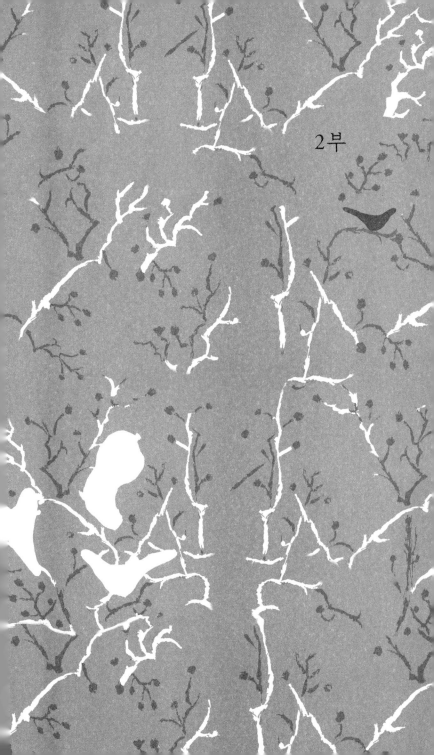

2부

# 생생한 꿈

1
나는 그물을 던지고 거두는
석양빛 얼굴의 어부

바다에 몸을 담그면
어머니 집 문을 들어서는 것이네

이승에서는 불리지 않는 노래
소리도 없고 눈도 없는 노래

저 아래 해구의 가락을 건지려 하네

가장 깊은 곳에
나를 사랑하는 한 사람이 있다는

발아래 지나가는 멸치 떼 사이로
심해어의 저음이 멀리 들리네

나는 이 바다에
많은 사람들과 함께 있네
이것은 별처럼 빛나는 꿈이네

2
표범이 영양의 목덜미를 물고 있는
초원에서 생각하네

저 기묘한 한 쌍이 만들고 있는
새로운 생명을
종말과 시작을 양손에 들고
새벽 다섯시로 기어온 뱀을

꿈의 집인 잠은
얼굴을 찡그리며 몸을 뒤척이네

죽음으로 자라려면 아직 먼
아주 짧은 밤

3

우리의 삶은 배처럼 생겼어


배의 코와 이마를 보며
언젠가 가라앉을 운명이라고 말하네


가끔은 엄마의 뱃속에서조차 익사하고


지상에서 천상으로 항해하는
커다란 사원도 부처의 집도
좌초하여 쏟아져 내리니


나는 다시 배를
구름과 숲의 빛깔이 아름다운
저녁의 해역으로 저어 가네


해저로 내려갔던 것들의 일부가
다시 올라오고 있음을 보네

사랑을 이루며 위로 벋어가는
바다의 담쟁이덩굴처럼


4
부음이
어느 집의 문을 두드린다


초원에는 모닥불이 하나 피고
늑대가 울 때
그 위로 별도 하나 켜지면


내 어망에서 잠들어 있는 노래를
집으로 데리고 가네


그대의 폐부를 흔들 이 침묵을
언젠가
깜깜한 우주를 밝힐 불의 씨앗을

# 영도 남항

산파가 나를 받아주었던 집
파도 소리와 바다 바람의 그 집

밀물로부터는 열 걸음
썰물로부터는 백 걸음

북상하는 트럭의 이삿짐에 실려가
인왕산을 내려가는 계곡 물가에서 크면서
놀이에 지치고 장난에 겨워 자다가
가위에 눌려 식은땀 속에

나는 발가벗고
영도 남항 해안길의 대낮을
울며 걸어가야 했다

이제 힘이 다해 기운 녹슨 배
소멸의 항해를 계속하는 더 낡은 목선
아이스케키 통을 든 청년과

뻘에 묻힌 지 여러 날이 지나서야 발견되어
거적을 덮고서 맨발로 하늘을 보고 있는
아이까지 날 바라보며 웃었다

그날의 기억은 멀지만 희박하지 않아
가볍지도 공허하지도 않다

모든 것들이 여전히 움직이고 있다
폐선들도 고개를 주억거리고
바람과 구름과 햇살과
철공소 앞을 뱃사람이 지나간다

움직이지 않는 것은
거적 밖으로 나온 불운한 아이의 맨발뿐

반세기도 더 지나서
나는 다른 섬의 밤에서
막 피려는 달맞이꽃을 만났고

환한 달과 함께
그 꽃이 피어가는 시간을 함께 보냈다


비로소 가위에서 벗어나
무서운 꿈에서 깨어

# 계단


세로의 길과 가로의 멈춤
수직의 오름과 수평의 디딤
상승하는 질문과 층계참의 답변


물으며 오르고
멈추어 답하고


오르는 길은 힘들고
내려가기는 위태롭다


난간처럼
네 손을 잡는다

# 기억을 파는 푸줏간


언제를 드릴까


해가 다한 어스름이고
나는 시간을 끊는 푸주한에게 부탁한다


제일로 좋은 부위
내 유년의 다섯부터 여덟까지
한칼
뼈도 비계도 없는 뙤살


그리고 아내 얻고 아이들 보기까지
또 한칼
순정한 뼈와 피의 부위


이제 무엇으로 셈을 치르나


점포는 붉어지고
밖은 더욱 어두워진다

여기 있소
스무 살의 한 점은 그냥이오

아프고 서툴던
사랑의 자투리

# 강의 백일몽[*]


마을의 개천 내게로 흘러와


그동안 잘 흘렀습니다
공연히 선생의 마음을 적시곤 했습니다


고단해 보이지만 아름다운 얼굴
그는 내게 그동안의 점용료를 건넨다


저녁 무렵
나는 개천의 실개울로 다가가


그동안 흘러주셔서 고맙습니다
늘 제 마음을 적셔주셨고
어느 밤이면 고요히 흐르는 소리도
보내오셨습니다
제 삶도 따라 흘러갔습니다


흐르는 것들에도 거미줄이 엉키는구나

저 상류와 하류가 있었던 쪽을 바라본다

아파트들의 발목 아래 누워
이제 흐르는 일을 잊은 여울에게
아름다운 하류에게

나는 이른바 무엇을 챙겨주어야 하는가

* 가르시아 로르카의 시 「강의 백일몽」에서 제목을 따왔다.

# 치매

이 세상의 내 집
내가 차마 이루지 못한 집의
처마 아래 서다

아득한 저녁녘
다한 해가 미처 푸른 산으로 가는 이 세상

그 골목을 나서
임질 광고 전단지 붙어 있는 전봇대 지나
붓글씨 닮은 물 흐르는 소리

지금이 몇 월인가
작은 것에 밝고
큰 것에 늘 나는 서투르다

담벼락에는 많은 서랍들이 달려 있어
하나씩 열어보자니
참 자잘하니 고운 보물들

내가 골목 안의 볕 아래
필생을 기울여
모았던 구슬과 딱지와 머리핀

소여물과 똥거름 내음에
골목은 갑자기 젖혀지다
장마당으로 펼쳐지는데

아니지
나는 지금
국민학교로 도서실로 가야 하는데

훅 끼치는 국밥과 막걸리 냄새

아닌 게 아니라 새로 입은 옷을 챙겨야겠다

주모인가
내가 돈을 치르지 못했나 보구나

지갑을 자칫 놓고 왔던가

내 손목을 꽉 잡으며
누가 이렇게 울며 소리치는지

아버지
이게 다 뭐예요

내 집과 이웃집 처마와
골목길과 그곳의 모든 일이
내 전부가
이게 다 뭐라니

다만 옷을 조금 더럽혔다고

# 말과 마을버스

몽골에서 온 두 사내가
마을버스 정류장에서
11번과 17번 버스가
모두 성심원 입구로 가는지
신중하게 확인하고 있다

오르혼 강가 항가이 벌판에 서면
한 눈에는 초원이 박히고
다른 눈에는 숲이 들어차는데

길을 잡으며
말을 쓰다듬었을 건장한 사내들

나도 초원을 벗어난
몽골의 황무한 도시에서
내 고장에서 늙어 시집온
상현동행 5번 마을버스를

눈길로 오래 쓰다듬은 적이 있다

# 시야를 파는 안경점


아주 눈이 어둡습니다

검안을 마친 주인이 얘기한다

손님은 개의 시야를 오래 쓰셨소
이제 바꾸셔야 하는데

먹이를 더 잘 찾으시는 게 중요하다면
젊지만 노련하기도 한 늑대의 시야도 있소

길에 숨겨진 계획과 운명을 읽으려면
강습하는 수리의 시야도 좋구요

나이 지긋하시니
늘 넉넉한 밀물의 시야는 어떻소
그물도 성글게 조절해 웬만한 건 다 통하게요

안경점의 진열장에는

눈빛도 없이 텅 빈
수많은 안경테들이 날 바라보고

뭐라 할까
혹 별빛의 시야는 없는가요
요즈음은 밤에 마음이 더 끌리고
전에는 미처 못 보던 것들에게
잔잔히 내리고도 싶습니다만

안경테들은 더욱 공허하게 반짝인다

저 손님이
늑대와 독수리의 시야를 살 리가 없다
황금으로 인도할 뱀의 시야는 더더욱이나

가격 때문이라면
개의 시야를 그냥 고쳐서 쓰시오
익숙하실 테고 바로 가실 수 있소

왜 이제 와서 공연히
코와 입을 지상에 가깝게 대고
골목의 소리를 맡아대며
인정의 냄새에 귀를 세우며 걷기 싫은 것일까

많은 것들이 천상의 밤으로 갔으리라
지상의 휘황이 눈을 가리지만
별들은 더욱 가득하리라
진정코 쏟아질 듯이

사랑했던 이의 시야를 줄 수 있느냐고
이 안경점의 주인에게 물을 필요가 있을까

밖은 다시 어둑하고
저 별의 시야가 참 반짝인다

# 별에게 2

헤아릴 수 없을 만큼
밤하늘의 별 이야기 해왔으나
대낮같이 새하얀 무지가 새삼 부끄러워
우주론을 읽고
별자리 지도도 펼쳐보네

공연스레 빛나는 별은 없으며
나는 그저 짐작이나 할 뿐

밤이면
첨성대처럼 우두커니 서서 바라다본다

어떤 별은
가끔 나무의 낮은 가지로 내려와
다정히 손이라도 잡을 수 있을 듯하고

멀리 별밭 사이로 걸어 들어가는
그의 발소리 들리기도 하니

천상 아래 지상
지혜 아래 무지

그 아래의 나
그 사이의 나

한 발 두 발 잘 디디라고
내려다보는 별

# 촛불

첫 불은 막 태어난 새벽에게

숲의 젖은 바닥에게
담을 내려오는 햇볕에게
열시의 종다리와
열한시의 호반새에게

개수대의 음식쓰레기에도
말벌이 짓고 있는 집에게도

파면을 하기 위해 출근하는 그에게
함께 있었던 밤에게

탄천의 오후 햇살에게
반짝이며 흐르는 강물에게
물살이 적는 이름에게

갯벌과 갯바위 그리고 모래사장 위에

심해로 기울어져가는 바다의 바닥과
깊은 바닷속의 얼음
그 위의 발자국과 지문에게

가장 멀고 깜깜한 곳에서
어둑한 우리에게 빛을 발신한 너에게

어둠에서 나오세요
우리의 손에 촛불 한 송이를 준 너에게

종말이 아니라 시작이라고 말한 너에게

일터에도 식탁에도 마음에도
불을 끄지 말라고 하는 너를 위하여

심지를 내 심관동맥에 깊이 박고
불을 밝힌다

바다 숲까지 간 햇빛에게
모자반에게 인사하며 풀어지는 빛에게
오후 여섯시 지나
분주해지는 밤새와 별에게

고마워
촛불을 켠다

# 염송

어느 곳인가에
노인으로 태어나 점점 젊어지다가
바알간 아기로 세상을 뜨는 사람들
그런 나라가 있다는 풍문을 들었네

여생을 마무리하며
기도하리라

건어물전에 널린 마른 생선으로 생겨나
바다에 도로 던져져
깊고 푸른 삶을 헤엄치다
치어로 알로 점점 어려져
수면 아래 내려온
빛 속에서 소멸하기를

만 리가 넘는 철새의 마지막 비행에서
부리 노란 아기새로 도착하여
툰드라의 알로 끝날 수 있다면

길에 구르는 낡은 낙엽으로 시작하여
벼락에 한 팔을 잃는 고목과
울울한 숲의 젊은 나무로 서 있다가
작은 짐승 혀 앞의 순과
겨울잠을 위한 도토리로

선종하리라

# 변검

내가 만났던 삶의 첫번째 얼굴이
내 볼에 속삭였던
희고 노랗고 달콤했던 말

두번째 푸른 얼굴의 말을 나는 믿었다
우아하고도 강직했던 그
뭐라 하면서 표정을 바꾸었던가
그는 오른쪽 다리를 번쩍 들며
세상을 살짝 밀었다
그때 박수 소리

히비스커스 꽃은 여름이면 피고
삶은 이동이라는 고역을 늘 치른다

열 가지 얼굴이
창을 휘두르고 부채를 폈다 접으며
조명 아래
여름밤 저녁 한때의 즐거움 안에 앉아 있는

우리에게 이야기한다
입술을 움직이지 않고
복화술로 전음하며

네 마음이 무너지는 속도를 보아라
우리 세계의 덧없음을

그가 찰나에 얼굴을 바꿀 때마다
나는 발을 구르며
소리쳐 웃으며

그가 내 얼굴도 바꿔주지 않을까
붉은 색칠을 해주지 않을까
내 영혼을 뒤집어주지 않을까

파랗게 질려 마음을 졸이며
황금 줄을 그은 붉은 얼굴의 순간을
고대하고 있다

두려움과 놀라움 속에서
조롱과 찬탄 안에서
저 변검 배우는
그리고 우리는
낯선 무대에서
무대 아래 의자 위에서

다리를 번쩍번쩍 들고
창을 휘두르며
눈썹을 치켜올려
눈먼 이처럼
서로를 동서남북으로 쳐다본다

# 모래시계

삶을 거꾸로 뒤집으면
때로는 구름이
바다를 항해하는 배들이 되기도 한다

삼치 떼가 날아가는 하늘이 된다

나는
당신 방에 걸린 풍경화 속의
나무 한 그루로 서 있겠다

모래는 별보다 많고

천천히 쏟아져 내리는
모래알보다 많은 별

그 별빛이 만드는 내 그림자가
숲의 아주 작은 모서리를 덮기를

당신 꿈 한구석을 채우기를

# 새 울음

작은 새

내 시야의 첫 정거장으로 날아온 새
노래를 두고
숲의 다음 정거장으로 떠나간 새

아침처럼 작고 반짝이고
빛처럼 날랜 잿빛 새

수풀에 아이를 둔 어미 새인지
어미를 둔 아기 새인지

날아오고
사라지고
그 사이의 노래

숲 냄새와 온기의 작은 새알

# 패배한 시인에게

당신의 가위는
낡은 옷에서 풀린 실 한 올도
자를 수 없었고

주먹을 쥐어 만든 바위로
계란 껍질이라도 깰 수 있었을까

손을 펴 보자기를 만들었을 때
그 안에는
보석도
주사위도
제국의 지도도
밤도 팥고물도 깨와 흑설탕도
아무것도 없었지

야바위꾼의 빈 사발
가난한 집의
소 하나 못 넣은 송편처럼

머리로 피가 몰리도록
소리를 크게 지르며
심장이 터져라 내밀었지만

가위바위보에서
당신은 세상을 한 번도 이기지 못했다

늙은 시인이여

이제
불량한 세상에 불타오르는 주먹을 날리고
잘못이 큰 하늘을 잘라버리고

손바닥 가득 담긴 시를 보여다오

# 숲속의 빈터

자네는 노른자가 없네
오래 나를 보던 친구가 말했다

껍질을 지키고 있는 것만도 다행이지
헛사람이 속으로 말했다

숲의 안쪽에서 어떤 시선이
아마도 숲 바닥에 떨어진 도토리의 눈동자가
아무리 보아도 당신은 알맹이가 없다
라고 내게 말했다

숲을 바라다보며
바라다보이지도 않는 숲의 빈터에
비어 있는 그곳에 가득한 것은 무엇이냐고
나는 이야기했다

심장도 없고 영혼도 없는 빈터가
숲의 속고갱이라면

심장과 영혼은 비어 있는 곳에 있다면

빈껍데기며 헛것인 나도
이 세상의 빈터 아니냐

# 화요일의 성가대

성가대 자리에 앉은 노시인
열린 창문으로 들어온 새
슬픈 여인

함께 노래한다

소박한 색유리 성화를 밝히는 빛
벽에 매달려 있는 예수와
예수에 매달린 기도

말라가는 시를 위해
없어지는 숲을 위해
사라져가는 아기를 위해

시인과 새와 여인과
늙음과 깃듦과 슬픔을 위해

찬송해요

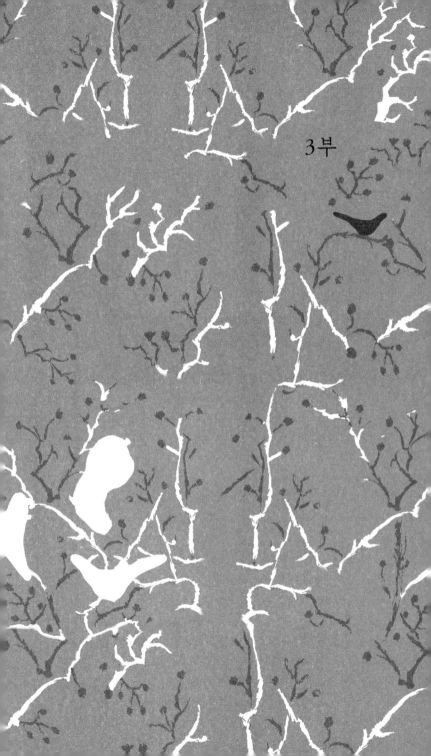

3부

# 순천만 2

할아버지들 집의
오래된 지붕보다 더 높은 곳에서
갈바람이 오는 쪽을 보았네

그 갈대밭 아래
게와 망둥이의 집이 있으며
재두루미는 언제 날아와 빈 논에 앉는지
벼가 바람에 흔들리던 그날은 몰랐네

내 유년에 첫 겨울이 오고서야
흰 눈에 덮이고서야
비로소 알았네

어느 해 여름
쇠나이로 여듭이 된 나는
외할아버지 손을 잡고
아직 코뚜레도 고삐도 없이 어리게 걸어가

생신잔치 마당의 상석에
외조부보다 윗 항렬의 어른 무릎 위에 앉아

순천 안의 모든 어른들과 마주하여
명왕성으로부터 온 듯한
고리탑탑하고 그윽한 눈빛들 가운데서
나는 샛별로 반짝였었네

빛 고운 수반의 음식들
재미나게 높이 고여놓은 떡과 사탕

쟈가 영숙이 둘째락하네
저전동 외가에 다니러 왔는디
저 어른이랑 한날이락하구만
쟈도 오늘이 생일인갑네

이태쯤의 시간이 지나고
추석 무렵 외가의 성묘에 따라갔네

별량면 동송리 바다 가까운 산

아직 붉은 새 봉분이
나와 생일내기였던 그 할아버지의 유택

갈바람을 거슬러 순천만을 멀리 보았네
아니 아스라이 있던 순천만이
나를 처음 바라보았네

그대는
갈대처럼 흔들리고 싶어
재두루미처럼 날고 싶어
짱뚱어탕이 먹고 싶고
애인과 자고 싶어
순천만에 갈 것이다

외할아버지는 가셨으되
별량면 선산으로 가시지 않았다

잔칫날의 어른들 가운데
몇 분이나 그곳의 마을에 누워 계실까

갈대밭 옆 개벌에도
제 작은 구멍 하나 없는 난민들도 많을 것이네

갈바람에 나도 많이 자랐고
흔들렸고
이제 비어가네

다시 가을이 오고
또 겨울이 오고
그 위에 축복처럼 석양이 내린다면

키가 많이 자란 소나무들이
순천만을 향해
바다 위로 주욱 벋는
그 금빛 그림자를 볼 수 있겠나

# 낡은 배의 굴뚝에서 나오는 연기

그녀는 남자의 삼등 선실에 갇혀
삶의 바다에
검은 연기로 흩날려버렸다고

남자도 이제 폐선이 다 되어
그의 낡은 가슴에 달린 굴뚝으로
담배 연기 한줄기 피어오르는구나

내 그물은 출항 후 내내
작은 물고기 하나 쥐지 못하고
헛되이 조류만을 가두었을 따름이었고

예전에는 뚜렷했으나
이제는 없어져버린 뱃길에서 표류한다

별자리 지도를 잃어버리고
널판은 이미 벌어져
이 배의 어창 안에는

오랫동안 가두어두었던 말 한마디

곧 심연으로 싸락눈으로 내려가
심해어가 불 비추면

말라비틀어져 구석에 박힌 불가사리
작은 별을 닮았던 사랑은
다시 한 번 어둠 속에서 눈뜰 수 있을까

해수면의 빛을 향해
흔들리는 연기로 피어오를까

# 시의 이빨

아름다움에는 분명히 있지
그 상아 송곳니에 물리고 싶어

미끼라 해도 좋아
기꺼이 잡히고 죽겠어
내 사랑의 은니

일곱번째 새끼
여섯째가 나오고 두 시간 후
아무도 모르게 엄마도 모르게 혼자 나온 아이

돼지우리 냄새의 여름날 저녁
어린 나는 겸손한 아름다움을 알았지

수박 껍질을 씹는 소리는 향기로이
일곱 새끼들에게 젖을 물리다
내가 가져간 수박으로 더위를 쫓던 어미

난 누구와 늘 춤추고 있었지
덧없이 아름답고 분내 나는
은니의 당신과

아름다움의 위엄을
빛나는 겸손을 다시 만나리라
악은 소스라쳐 놀라 얼어붙고
광포한 이는 두려움으로 무릎을 꿇을

사랑은 각막이 생기고
사랑의 고막이 생기고
사랑의 젖니는 다시 자라서
야광의 별이 밤하늘에 빛나리라

# 말미를 다오

시장 끄트머리에서
좌판이라 할 것도 없이
호랑이콩 한줌 애호박 몇 개
손톱 발톱 굳은살과
머리카락 몇 올을 깔고
나를 판다고 앉아 있었다

더러는 공치고
어떤 날은 십 원어치
평생을 해봐야
만든 것 판 것 이룬 것 참 하찮다

하루 종일 들여다보는 이 없고
왔던 햇살도 나 이제 가네 하는데

누군가 앞에 와
내 모든 것을 그림자로 덮으며

나의 전량을 사겠다고
나의 전 생애를 가져간다고
간과 콩팥과 뇌수와 뼈 모두

황망하여
나는 말미를 달라고
설마 이게 모두이겠습니까
집에 두고 온 것들이 있다고

기억도 나지 않는 누군가에게 주었던 마음
아무런 후회 없이 버렸던 약속
맡기고 찾지 않아 소멸한 소망

한줌 가득했던 시간
비바람과 짐승에 맨몸뚱이로 맞섰던 젊음
가방 안에 넣고 다녔던 계획과 비망록
그리고

정수리부터 발목까지 땀이 쏟아져 내리고
나는 이제 아주 보잘것없이
가난하게 떠내려가는가

이것만이 아니오
그가 부친 편지를 채 받지 못했소
아마 오는 꿈에는 도착하겠지요
꼭 답장도 해야 하구요

잠시 말미를 주오

# 나그네새

붉은가슴도요라는 이름의 새를 생각하며
가슴이 붉어지지 않는 사람은

삐이―잇 삐이―잇
그 새의 권유에도
날개깃이 떨리지 않는 사람은

집도 세간도 버리고 서둘러 떠나라
기차를 타고 썰매를 타고

이윽고 툰드라로 걸어 들어가
얼음 덮인 이끼 속으로 숨어버려라

기침 소리 하나 없이
희고 흰 어둠 속에 다문
아주 오래된 입과 이빨과 혀로 있어라

네 가슴에 붉은 줄 하나 생기면
이 세상의 겨울로 다시 오너라

# 귓속말의 시

귀를 열어요
나팔꽃마냥 활짝 피우세요
귓속말을 할게요

이제껏 없던 이야기
가장 기쁜 소식을 소곤댈게요
새벽 숲의 새처럼
동죽조개의 혀처럼

나에게만 평생 했던 말
심장 안으로만 퍼붓던 웅변을요

무릎을 베고 누우세요
귓속의 거미줄을 거두고
마른 귀지 젖은 귓밥을 파내어
씨방 속으로 가는 길을 열어요

보세요

어떤 입은 어떤 귀 안에
모든 입이 모든 귀를 붙잡고
악의는 침묵하는 고막에
욕망은 무지한 달팽이관에
죽은 지 오랜 메마른 말을
펄펄 끓는 빈말을 부어 넣어
뱀들 사이의 신뢰를 만들고 있습니다

귀를 열어요
설산을 내려가는 흰 코끼리처럼
굳은 주장을 지닌 소년처럼 횃불을 들고
슬픈 길을 사랑의 좁은 길을
따라 내려갈게요

가장 안쪽에
마른 귀지로 붙어 있는 그대와
공모하기 위하여

# 달항아리

그 안에서 찰랑거렸어
우주의 한가운데
엄마의 볼록한 배의 내해
따뜻한 바다

빠져나오면서 울지 않을 수 없었어
지혜로운 이가 될 아이도
잔인하게 너를 해칠 아이도

또 다른 항아리였다
우리가 울부짖으며 들어간 세상은

욕망의 벌리고 있는 아가리를
보잘것없는 것들로 채워야 했어

여러 해에 걸쳐 모은 것들도
종국에는 부스러지는 한줌의 모래

부피 큰 악행을 허다한 죄를
그리고 나를 집어넣었어

이제 나의 두 눈까지
다시 밀물이 밀려와
수평선이 그렁그렁하다

항아리는 만월로 배가 가득 불렀고

내 머리 위로
한 사람의 눈물이
아니 한 사람에 대한 생각 같은 별빛이
쏟아져 내려온다면

나는 또다시
어느 곳으로인가 쏟아져 갈 터인데

# 기원


돌날에


반지 같은 조그만 손을 쥐고
네 눈부신 생
금빛으로 흘러가라 했네


다시 오는 봄날의 바다


햇빛 비치어
달빛 별빛 내려와


잔물결로 반짝이는
너를 만나자

# 무대
—바다의 기억


저기는 수심 몇 미터야?
당신의 수심은?


무대는 수심 깊이 잠겨 있었고
처음의 노래는 공기 방울로 올라왔다


객석이 무대와 만나는 가장자리
맨 앞자리에 앉았다가
슬픔의 밀물에 쫓겨 윗자리로 옮겨갔지만
곧 음악의 해면은 상승하여
우리 모두는 잠겨버렸다


작은 소녀는
작은 소녀의 춤은


그 무용수로부터 나온 그림자는
벽을 더듬으며 문을 찾아
밖으로 나가려 애쓰고 있었고

작은 소녀의 삶과 죽음은

건달바 다섯의
노래의 물살과 타악의 소용돌이에
솔가지와 요령의 위안에 이끌려
이윽고 무대 뒤
해원의 문으로 나갔을 때

물에 잠기어 생각했다
용서해다오
우리가 저지르는 악행을 씻기에는
이 바다도 참 작구나

우리의 참회와 눈물이
저 무대 위의
작은 세숫대야를 채울 수나 있었던가

우리를 익사시킬듯 넘쳤던 노래는
어느새 썰물로 물러나버리고
나의 손에는 빈 굴껍데기 하나

젖은 채로 생각했다
죽음으로 굳고 망각으로 단단해져버린 것에
굴의 씨앗은 작은 촉수를 내어 달라붙지만
비생명의 무기질로 껍데기의 집을 짓고
생명의 기억으로 다시 살을 키운다

다음 생에는 내가 껍질이 될 터이니
당신이 사랑의 속을 채워다오

몇만 년 전
첫 통나무배를 타고 섬으로 가려던 사람들을
페니키아의 젊은 선원과
숱한 수병들과 상인들을 품에 받았던 바다도

이것은 정말 곤란하다며
침묵을 이루었을 따름이다

몸이 마르기를 기다리며 생각했다
욕된 탄식 속 천 개의 나날이 가고
어린 소녀는 그리고 우리는
백만 개의 촛불을 들고
새로운 시민으로 진화하여
광장으로 갔다

최초의 사지동물이
육지에 상륙하였던 일처럼

새로운 공화국의 극장에서
다시 바다의 기억을 노래한다
새로이 젖는 것은 두 눈만이 아니다

오늘 이제는

물음표를 눕히고
느낌표를 묘비로 세운다

온 바다에는
새로운 생명을 이룰 물음들이
파도를 따라
노래를 따라

언제나 가득 흐르리라

# 낙동강의 시

일천구백오십이년도의 저녁 강변

강은 붉게 흘렀고

그때
고개를 떨구고 손을 펴보면
모두의 손금은
핏물로 세상을 흘렀으리라

훼손된 삶 사이로 흐르는 강물도
한줄기의 시라는 것을 안 그는

어찌했겠는가
붉은 강물에 파란을 그리는 바람과
흩어지려는 저녁 햇살과
비어 있는 만큼 한없이 채워질 희망으로
노래를 빚었고

노래는
곰팡이 핀 침묵 안에 오래도록 자다가
오늘
일천구백오십이년도 강변의 저녁으로
우리에게 온다

슬픈 춤을 데려와
세월의 뼈로 만든 피리를 불며
아주 슬픈 춤을 추게 하여

아름다움은 아름다운 곳이 아닌
더럽고 비참함에서 생겨난다는

절대명제이자
가능성이자
헛된 바람이나 사기이자
혹은 절실한 간구일지도 모를 이야기를

이 봄의 꽃들이 품은 꽃가루인 양
객석에 앉아 있는 우리에게 날린다

실내교향곡이여

이방의 악단이 초연하는 노래여

그 저녁 흘러갔던 강물을
강물과 함께 흘러갔던 실외의 슬픔을

실내의 우리에게 흐르게 하시길

모든 노래를 언제나 초연으로 들려주고
되풀이되는 유행가로 시들지 않기를

# 등굣길

밀물이다

어린 집들이
채 집이 없는 민달팽이도

젊은 공화국들이
온 우주를 영토로 하는 나라와 나라가

깃발 따위는 없어도
군대 따위는 없어도
존엄 가득한 작은 세계들이

신호등을 건너고
가을빛 아래

푸른 물결이다

학교로 온다

# 선생의 생각

너희들 마음속에 있구나

석류와 사과가 익어가는 과수원

바다에 서 있는 섬
발밑으로는 게가 기어가고

어린 바람이 돌아다니는
자라나는 숲

초원과 망아지 한 마리

누구냐
초승달 뜬 사막을 넣고 있는 녀석은?

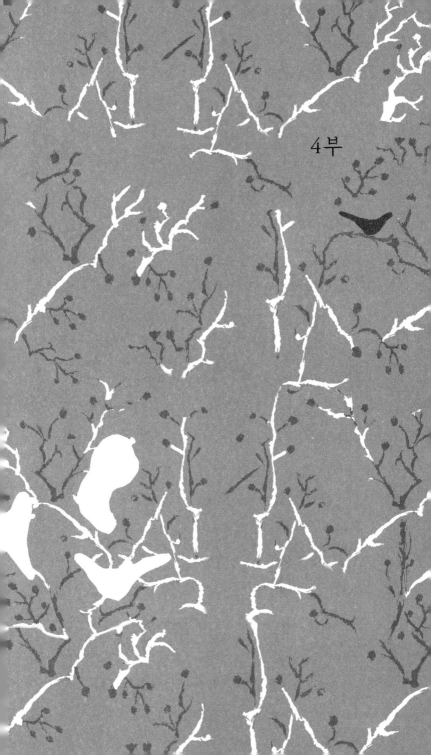

4부

# 청둥오리가 내 시간을 가져가네

얼음 풀려 물 흐르기 시작하면
기러기도 월동비를 정산하고
북쪽 하늘로 날아간다

햇살에도 단풍이 들기 시작했을 때
제집 버리고 떠나는 제비에게
지난여름을 모두 도둑 맞았었지

또다시 비어가는구나

저 하늘
젊은 청둥오리가 짊어진
내 시간의 한줌

북녘의 사람아
잘 보아다오

그대 마을 솟대에 오를 새들

산방꽃차례로 필 새들이

내 지문이 묻은 시간을 품고 있을지

# 꽃을 향해 가다

향기로운 바람이 불어오는 곳으로
사월로 걸어갔네
교보빌딩 앞 라일락 나무에게 갔네

어디로부터 불어왔니 너는
라일락 꽃은 내게 묻네

나는 멀리서
소년으로부터 걸어서 왔네
그해 봄에서 불어왔네, 라고 말하네

솜털구름 일듯
담배를 물고
아지랑이 피듯
노래를 부르며 봄길을 왔네

오래 걸어서 왔네
먼 길을 불어서 왔네

이제 담배도 피우지 않네

꽃의 가슴에 마음을 묻으려
이제 작은 벌레 되어 숨으려
이 봄에 드러누우려 왔네

멀리 있는 그 사월의 향기처럼

내게도 피어라
한 송이 꽃그늘아

# 동백 목련 꽃상여

저를 낳아준 고마움에서인지

땅에 떨어진 동백꽃 여러 송이
그냥 가지 않고
제각기 몸을 둥글게 말아
동백나무 아래 절을 하고 있다

저곳에서는
기도를 마친 흰 목련꽃을
바람이 이제 가자고 한다

노랑나비의 상여는
개미들이 잘 메고 가는구나

우리는 이 봄의 뒤를
상엿소리를 메기며
구슬피 취해 따라가고

# 유월의 시작

붉은 볏을 늘어뜨린 장닭이
사방을 두리번거리며
봄을 올라타고 있다

아무 소리도 지르지 못하고

마당에는
빛과 적막이 쏟아져 내리고
패인 곳에 고이는
꽃잎 빛깔의 잠시

깃털 하나 흔적도 없이
봄은 없어지고

# 여름의 책

나는 이제
해가 나의 뒤로 돌아가기를 기다린다

내 그늘에 의자를 놓고 앉아

멀리 있는 숲이 쓰기 시작하는 이야기를
읽으려 한다

줄기와 잎들과
대목대목 새들도 불러
노래하듯 써가는 책을

이른 아침의 항구에
완만하게 와 닿는 배처럼

숲은 아주 천천히
여름내 푸른 이야기의 책을 써다오

나는 색맹이 다 되도록 읽다가
눈 어두운 사람이 되도록 읽어나가다
책갈피마다 희고 붉은 꽃을 놓고
달과 별의 불도 밝히고

그대를 불러
내 그늘에 함께 앉겠다

여전히 숲의 책 노래 들으며

# 구름

매봉역 사거리 한여름 땡볕
노파의 수레에서
더위 먹은 폐박스와 파지가 흩어지고
차들은 울부짖을 때

횡단보도를 건너던 키 큰 청년과
초로의 신사가 수습을 한다
무리를 벗어나는 어린 양을 모는 목자처럼

하늘에는
양떼구름이 흩어졌다 다시 모이고
개들은 짖기를 멈추고

혼비백산했던 노파를
높은 적란운 위에 하루 앉히자

# 가을의 빛

어머니였던가
박수 소리를 들으며
어렵게 몸을 일으켜 두 발로 선 다음
나는 첫걸음을 떼었다

지금 햇살은
거의 다 왔다 막바지다
조금만 더 영글어라
만물을 향하여
손뼉 치는 소리로 내려오고 있다

어둠이 오면
별빛 소리가 달에게 갈 것이다
엿새 남은 추석의 밤에 열리는
놀라운 만월을 위하여

나는
우리의 세계를 그린

아주 큰 그림의 일부를 보고 있다

깜깜한 어둠에서도
풀벌레 소리를 잘 헤쳐보면
오래전의 박수 소리도 울고 있음을

가을빛이 깊게 내리며
이야기한다
너도 겨울과 봄과
불타는 여름을 따라 여기에 왔다고

조금 더 익어
명절상 앞에 다가앉아보라고
밤송이 안에서 나온
밤톨 한 개처럼

# 달과 트럼펫 사이의 너

세월처럼 흐르는 강을 따라 실려와
중류도 하류도 지나 이제 삼각주로 쌓여 엎드려
있다

바다는 자주 넘어와
내 어깨를 짚어보고
등짝을 만지고 그리고 엉덩이에서 흩어진다

물새는 모래톱을 발로 헤집으며
지나간 세월을 몇 글자 적어보다가
신통치 않은지 지워버리고 가버린다

갈대가 자라 숲을 이루고
사람의 발걸음이 길을 만들고
내 두 다리를 잇는 다리가 놓이고
그 아래

멀리서 와 고단하고 보잘것없어 보이는 악사들

여행으로부터 자라난 노래를 꺼내
계단에 앉은 네게 오중주의 노랠 부른다

트럼펫과
높아지는 하늘
테너색소폰과 익숙한 사랑
피아노와 그가 거느린 모든 냇물들
베이스와 어두운 숲의 갈참나무
그리고 그리고

생애의 나이와
쓸모없는 기억을 빼곤
나보다 여러 나무만큼
한 무리의 순록만큼
아름답고 가치 있는 너에게

노래 부른다
비를 기도하는 북을 두드린다

이 밤

달과 트럼펫 소리 사이의 너

# 가을밤

달빛을 한 댓 근 사고
별빛도 한 봉지 마련해

오늘 밤
그대와 같이 앉자

바람은 씩씩하고

뜻이 맞으면
그대와 처음 마주앉았던 시간으로
우리도 불어가리라

서툴렀던 상처며 흉터에는
별가루 덮이고

이 밤을 위해
세월을 다해
다만 그대의 어깨에 두를 숄을

나는 짜왔더라면

우리의 가난은
따듯하게 덮이고

이제껏 태어난 적 없는
별의 소리를 듣자

우주가 들어 있는
빈 그릇 안에 우리도 담겨

# 두루미에게

가을이 걸어온 길이 아스라하다

드러누워 있는 내 가슴팍을
이리저리 헤집고 걷던 그가 말한다

자네 가을걷이가 가멸치 못했는가
논자리도 줄고 습지도 퍽 말랐네
낙곡도 시원찮고 풀씨도 드물어
미꾸리도 찾기 어렵고

정수리 붉은 선비여
멀리 다시 찾아준 손님이여

나는 한때 가슴 한쪽만 해도
열 섬이 넘는 황금 벼이삭을 내었지
늘 물이 이마까지 찰랑거리고
이어 펼쳐진 갯벌에는
망둥어랑 게랑 끊임없는 소로를 짓고

그러나 그건 기름지지만 유한한 젊음에
그리고 남의 땀에 기댄 일이었어

우리는 풍요를 거두면서
불모를 소리쳐 부르네

오는 봄 신이 나를 갈아엎어버리기 전
땅이 풀리고 볕이 발그레할 때
가장 양지바른 쪽에
마음 깊은 곳으로부터 올라오는
마지막 싹 한 개를 틔우고 싶네

내 궁리와 내 땅심과 내 영혼으로

검은 깃을 단 흰 옷 차림의 그대여

뚜루루루
한바탕 춤을 추고 떠나가주오

# 가을의 끝

이렇게까지 할 필요가 있을까?
너무 심하잖아

온실 안은 따듯하고
볕이 좋은 쪽 선반에 널린 배춧잎은
천천히 시래기가 되어가면서

세찬 바람이
굴참나무의 모든 가지를 사납게 흔들어
겨우 붙잡고 있는 마른 잎들의 손을
매몰차게 떼어내는 것을 본다

흔들리는 것은 가지만이 아니다
어린 참나무들의 멱살을 쥐고
다섯시로부터 거꾸로 일곱시까지
남쪽으로부터 북쪽으로
쓰러뜨릴 듯 흔드는 바람을 바라보는
호접란의 얼굴은 무심하게 곱다

의자에 앉아

바람 소리와 상관없는 음악을 들으며

딸린 작은 온실의 후미진 지위의 배추와

집구석의 구석에 놓인 화분

그리고 창밖 작은 숲에서

채찍을 휘두르며 겨울을 향해 시간을 몰아가는

바람의 학살을 나는 본다


우리 노래의 마지막 악장은

눈발이 날리듯이

슬픔을 말하듯이

탄식을 숨기듯이


겨울은 몹시 혹독하리라

전쟁밖에 낳지 못했던 우리의 생애는

너를 향해 폭력을 휘둘렀고

나의 내부는 늘 내전이었으니

박수도 없고 재청도 없고

모든 군대는 퇴각 속에 눈에 묻히고
나의 아름다운 구석도
신이 서 있는 벽감도 무너지고

우리의 사랑은 다시 절멸되리라

다만 봄노래로 자랄 씨앗 한 알
땅 속 깊은 곳으로 굴러가

쇠와 구리에 결박당하고
불타는 얼음과 차디찬 용암에 덮여 있다가

죽음을 어둠을 헤치고 다가온
청맹과니며 벙어리인
가늘고 가는 한 오라기 빛에
그만 실금이 가기를

노래는 다시 불려라

우리는 멸종하라

# 석류 시

좀더 걸어간다면
가슴은 벌어지고 입은 열리리라

심장은 가을로 나와
김을 뿜으며
붉은 노래를 부르리라

선홍의 잇바디와 흰 이빨이
시고 숨 막히는 시들을 말하리라

다시 시작하는 빙하기
이 세상의 균열과 메마름을 위해

그리고 우리에게

깨물 듯한 입맞춤이
서로의 이빨이 부딪혀 터져버리는

몸서리치도록 싱싱한 포옹이
필요하다고

# 부러진 가지에게

부러진 바람과
부러진 말과
크게 굽은 만과
그 안의 새우와 조개와 배와 사람
부러진 마음에게
홀로 집으로 가는 밤에게
부러진 손으로 든 보따리와
길에 흘린 노란색

다시 사월의 아침이다
부러진 가지에 앉은 아침 빛
그들이 낳은 어린잎에게
한숨과 작은 기침 같은
벌레와 새와 바람과
숲의 바닥을 내려다보고 있는 까치

행복이 위험하도록
탐스럽게 열리곤 했던

저 가지에 앉은 새들은
기쁨과 슬픈 비명의 이중창을
노래했었다

숲에서 봄빛은
소란스러운 길들을 넓혀간다

그 길에서
시여
더 고요해지거라

# 절멸 이후

편지는 멸종하고 내용증명만 생존

겨울 공사판과 새벽 시장에서조차
드문 진짜 불

벽난로에는 개량된 애완불

젊음 다음에 있던 것

마음속의 우물은 덮이고
동굴은 무너지고

생각 속의 거미
걱정 수면의 연꽃 한 송이
기쁨과 슬픔의 하루살이들

별빛을 헤치고 이슬에 젖어
내게 오던 것들

네게 갔던 나

받아보겠니?
스리디프린터로 만든 사랑을
내용증명으로 네게 보낸다면?

# 은행나무의 십일월

이 길입니다
저물녘 은행나무
가지 가득히 노란 등 켰네

그대 걸어오라 하네
가을 깊이 오라 하네

어느덧
저문 하늘과 땅바닥과 이 세상의 밑
가을빛에 잠기고

삶의 모든 균열에
마음의 우물에
서늘하고 바삭거리는 냄새

이 빛 속의 길 지나
어둠 안으로 걸어 들어가라고

사랑도 비탄도 숨가쁨도 없는 계절로
그대 가라 하네

# 매봉역

추운 날이다

오래전
4번출구로 들어갔었던

손등에 버즘이 많이 핀
플라타너스 잎과
그 손을 꼭 잡고 있었던
작은 단풍잎은

북한산 가는 길

구파발역을 향하여
전철을 타기는 했을까?

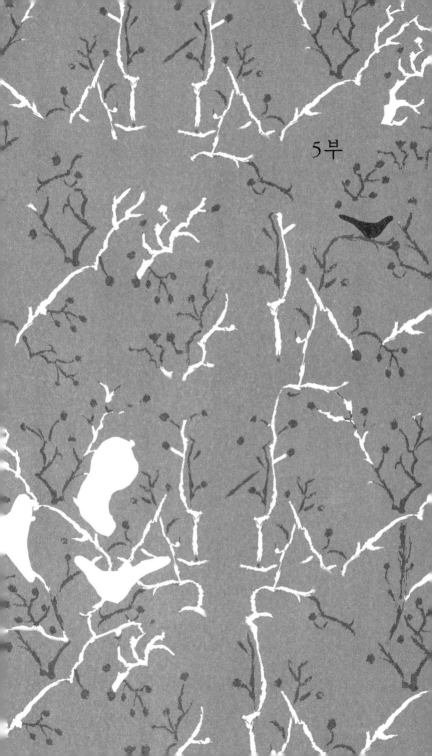

5부

# 해시계

그대가 제 해시계에 오셨으니
잔설이 남은 오후 네시로 오셨으니

그때의 시곗바늘은
언제나 짧고 짙어
정오에서 움직이지 않았고
우리의 젊음은 돌 위에 내내 지워지지 않았고

그대는 천천히
산비탈을 내려와서
마당을 가로질러

이제는 퍽이나 긴 그림자의 끝을
제 가슴 위에 두시네요

김장독에서 막 꺼낸
잘 익은 배추김치처럼 세상이 붉습니다

밥을 안치고
상을 차릴 테여요

해시계 위에
제 마음 위에
고스란히 앉아 계셔요

# 별빛의 시

그 별을 모르는데

나를 만나러
별의 눈길
호호막막 밤길 떠났다고

나도 일어나 마중길을 나서자

진공 속에
침묵 안에 깜깜한 길에서

은빛으로 금빛으로 그을고
한줄기 금으로 가늘게 여위어
언젠가 오는 너와 부딪길

두고 온 마음 안
나의 부처는 손이 천 개였고
그가 든 나무 한 그루마다

몇억 개 가지가 흔들리는구나

알지도 헤아리지도 못했고
다만 까마득하기만 한데

그 눈동자 하나 생각하며 가자

# 만월

푸른 밤

검은 산처럼
고양이가 웅크리고 있다

등허리 능선 이면에서 올라
소나무 가지의 자음과
구름의 모음을 헤치고
노랗게 뜬 외눈

내 마음의 무덤을 바라보느냐

채 영글지도 않은
풋내 나는 애송이로구나

오래되어 이윽고 무너져 내려
깊고 깊은 곳에서 더 검어져
석탄이 되어버린 밤

눈동자도 없이
또 한 개의 눈이 있을 터이고

나는
그 달
그리움의 만월이 보고 싶다

# 바람

너를 따라가려 하니 손을 주시오
나 걷지 못하거든 실어가주시오

같은 숲에서 같은 새집에서 한 씨방에서 생겨나
기쁜 곡조의 모자를 쓰고
슬픈 가락의 신을 신고 길 걸어갔으니

나는 그 노래에 싸여 가겠소

밤은 찬란했었다
달빛과 별빛을 참 많이 맞으며 걸어갔네

다시 또 덮어주시오

먹구름으로부터 지상에 내리는
어느 눈송이에 집을 짓고
너와 함께 날리며 살았지

눈에 덮이며 눈에 쌓이며 가겠소

서 있었던 곳마다
풀씨 날아와 한 포기 한 포기
앉았던 곳마다
물웅덩이에 햇빛은 시를 적고
새는 글자도 모르며 노래한다

이곳은 잊을 수 없네
가난이 이루는 우주의 부요를 안 언덕
함께 팔베개하며 구름을 보던 곳

노래와 별빛과 내리는 눈과 가겠소

# 꽃

어느새 피었구나

꽃이
새벽의 발자국에서
지금 아침처럼 분명히 나를 바라본다

피면서 아팠으니
그 생애는 푸르게 진지하며
지면서 더욱 아프니
아름다운 향기가 내내 장엄하리라

꽃의 시간은 여기에서 오래지 않지만
분명한 색으로 느낌표를 만들고

바람과 벌나비가 올라타
꽃잎을 제치며 속으로 올 때
전날 밤 별빛으로 씻은 얼굴이
조금 더 붉어질 뿐

꽃을 꺾지 말아라
세상을 위해 켠 화엄을

꽃을 밟지 말아라
너를 위해 핀 기도를

증오가 만들어 심는 지뢰는
그 손끝에서도 봉숭아처럼 터지고
꽃을 밟는 발들을
죄다 먹어버릴 터이니

덧없으나 영원보다 더 자명한 꽃
나의 한순간은 언제 피는가

지는 꽃을 시든 꽃을 거두는
인자한 시간의 손을
우리는 기다리며

# 여진

당신은 나를 흔들었고

이후
나는 당신의 여진이다

당신 앞에 착지할 때면
늘 흔들린다

그림자라도 깔아주시오

흔들리지 흔들리잖게
물가에 심어진 나무같이

그것이 나의 노래이니
흔들리는 노래이니

# 우주론

스스로 우주를 이루지 못할 것들은 없다

슬픔에 들어 있는 세포 하나도
덧없이 짧은 노래도

서사의 어느 하루도
연대기에 박혀 있는 한 개의 옹이도
지루한 장마 같은 아픔도

그 밤하늘에는 별빛 참 빡빡하여
가는 바늘 하나 의심도 들어갈 수 없었다

그 아래
등과 머리 가득 별빛을 묻히며

무언가를 얻고
무언가를 잃어버린 사람이
걸어가고 있었다

# 슬픔

당신은 슬픔을 울렸던 적이 있는가

슬픔이 가득 담긴 바구니를
쏟아버린 일이 있는가

쏟아진 슬픔이
수챗구멍으로 벽 속으로
더러는 별을 향해
황망히 울며 흩어지는 모습을
보았던 적이 있는가

밤의 비를 듣는가
점점 자라는 소리의 손이
창문을 거의 여는 듯했고
이 새벽에는 이승을 데려가버리는
거센 물소리로 들린다

나는 다만

무지를 널빤지 삼아 안고
잠 속에 숨어 있다

떠나버리는 자와
남는 자 중에
누가 살인자인가

우는 자와
울리는 자 중에
누가 슬픈 자인가

무지를 부여잡고 떠내려가면서
나는 본다

세계는
어둠과 빛 사이 틈새에
모두 잘 숨어 계시다

# 사소한 사서함

그의 전원이 꺼져 있어
사서함으로 연결되었습니다

덧널무덤 안으로 들어가
사소한 부장물을 보는 듯합니다

생사람도 흙허수아비도 하나 없고

함께했던가 한 끼의 밥상
색 바랜 노래의 악보

음성과 메시지는 어디에도 없습니다

땡중이나 거짓 목사는 가진 것도 많던데
하기야 사리 한 과 남기지 않는
적막한 뜻도 있지요

우리는 평생의 즉흥을 이루어

운명을 향하여 뛰어내립니다

사서함을 도로 닫으며
씨앗 한 톨 어둠 안에 보았던가요

꿈에 이리 부를 일이면
나를 옆에 껴묻지 그러셨어요

# 첫눈

오늘 아침의 이 일은
제 탓입니다

밤을 새워 펑펑
그대를 그리워했습니다만
꿈을 이어갔습니다만

결국은
그리 넓지도 깨끗하지도 못하고
숭숭 구멍 난 이야기였지요

지금
이야기의 전부가
제 삶의 전모가
이토록 하얗게 덮여 있습니다

밤을 새는 기도와 간호처럼
그치지 않고 깨우지 않고

밤하늘의 별까지 올랐다가
가장 낮은 제일 더러운 땅으로
끊임없이 내려온 적이 있었느냐고

내가 처음 들었던 말로부터
마지막 하는 말까지 일관되게

말할 수 없이 숱한 문제들에 대해
말할 수 없이 많은 눈송이로
설명하려 했던 적이 있었느냐고

엄중한 질책으로
새하얀 분노로

나와 그대 사이의 금들이
덮여 있습니다

첫눈이라는 이름으로 덮여 있습니다

황망한 짐승의 눈으로
순백의 수평선을 바라봅니다
자책과 자문의 수직을 세워봅니다

눈 아래 묻힌 것들이 모두
진창 속의 비천한 거짓말들이
다시 드러날 때

꽃들이 어렵게 맺은
붉은 겨울 열매처럼
가난하게 빛나는 사랑 하나
찾을 수 있기를

# 여진으로 해일로 우리는 간다


너는 아주 빠르게 내려왔다

폭염을 피해 어디로 떠날까
밥 뜸 드는 냄새에 취해
미래를 여전히 선물로 바라는 우리에게
우리의 심장 속으로
쿵 하고 들어왔다

그 찰나
경악과 황망 중에
의연하게 당연하게도
우리의 피는 심방 안에서 하나가 되어
미래세의 동맥으로 흘렀구나

강삭에 매달린 무거운 추가 내려오고서야
우리는 올라갈 수 있었다

너는 내려가 멈추어

우리에게 묶음의 손신호를 보낸다

그래 다시 오르겠다
비창의 발걸음으로
너의 여진이 되어

지독한 연애와
치명적 사랑을 준 사람아

고단한 발에서 양말을 벗다가
자칫 넘어져 웃고 있는 사람아

이 어리석도록
찬란하게 아름다운 사람아

너의 여진으로
해일로 몰려가는 우리를 보아라

# 앎의 즐거움 3

위의롭게 서 있는 저 나무
그 이름이 녹나무임을 알았고
한여름처럼 기름지고 푸른 잎새 틈으로
간판의 한 글자 한 글자를 읽어내며
차 안에서 우리는 기뻤다

작은 마을이 구름의 그늘 아래
평화를 누리듯
우리는 친구가 내어준 그림자에서
여름날의 한가로움에 몸을 담근다

기억으로부터 발원해
바람으로 흘러가는 강가에서
어린 버드나무는 뜻의 가지를 벋고
아이들은 마을 집집의 문패에서
사랑과 정의라는 글자를 읽어내며 자라고
우리는 마냥 기쁘고

친구가 좋은 것은
평생을 늘 같이 살지 않기 때문이라며
헤어지는 아쉬움을 짐짓 감추고

나도 너도 서로에게
제 그늘을 넉넉히 베풀자

때에 이르면
비록 그림자도 없는 구름으로
산너머로 흩어지더라도

내 울타리 내 집 담과 국경을 넘어
이토록 먼 여름 나라의 그늘 아래에서

# 풍경의 꿈

1
나는 한낮의 하늘에 부조되는 장엄한 무늬를
보았다. 나의 것인 뜨거운 꿈 하나가
그 근처에 벌써 앉아 있었다.
구름의 흰 살에 일어나는 물결들.

나는 원했다. 삶의 한순간의 질인
강렬한 빛의 혼례를, 설레이는
분만의 풍경을.
끝없이 겹쳐오는 모든 계절들의 힘을.

더럽혀진 풀의 형상으로
대지의 낮은 중심에서 새들이
눈뜨고 있었다. 빛의 한가운데로
소리의 기사가 말 달리며 지나갔다.

바람이 불어온다. 흩어져라. 단단한
풀씨들이여. 사랑의 열들이여.

날아올라라. 한없이 힘센 세력이여. 흰 욕망들이여.

나는 부풀어갔다. 장엄한 문양과 내 꿈이
숨 쉬는 따뜻한 열이 나를 상승시켰다.
풀이 일어선다. 녹색의 무리들,
삶을 환히
밝혀주는 불붙는 표피여.

나는 부끄러워 눈물 흘렸다. 내 꿈은
나에게 입 맞추어주었다.

2
삶을 준비하는 자가 새를 날려보냈다. 어둠 속으로
새는 젖혀진 밤의 골목으로 날아갔다. 새는
무너진 너의 슬픔 위로 떨어졌다.

그의 흰 깃이 남긴 무늬의 물결 속에서,
헤아릴 수 없이 어두운 숲의 한 가지에서

태어나는 불꽃처럼 밤은 빛나는 몇 개의 눈을 뜨고
우리는 숨의 증기인 눈물을 흘렸다.

두번째 새는 돌아오지 않았다. 문법 바다의
가장 서늘한 심연에서 이마에 불을 단
우스꽝스러운 심해어인 사랑이
헤엄치고 있었다. 지상의 어두운 골목에서
새는 차갑게 불타고 있었다.

노아의 세번째 비둘기는
황금빛 올리브 잎사귀를 물고 왔다⋯⋯

이제 삶은 신성한 정지이며,
그의
그림자인 풍경만이 변모한다.
그의
입김인 바람은 흩어진다. 소리의 철책 사이에서.

새여,

슬픔의 첨탑 위로 떨어지는 푸른 입술이여……

# 배우


지금은 가난뱅이 역할입니다


소주잔을 털어 넣고 그가 말한다
괜찮은 배역이 안 들어와요


벽 위로 난 창 밖의 밤하늘


단역을 맡은
반짝이는 역할의 조연배우 하나

# 이 말간 회귀, 이 말간 복기, 이 말간 역전

이원(시인)

## 바람이 펼쳐준 물결처럼

**왼쪽 페이지**

서울 필동 단층집에 전시를 보러 갔다. 사방에서 모인 사람들이 사방의 얘기를 했다. 밤이 되자 제법 높은 언덕에서는 하늘이 가깝고 달이 가까웠는데, 언덕 아래 불빛도 더 가까웠다. "좋은 세상을 위해 여러 일을 해오신 분인데요, 늘 보면 어느 사이엔가 종이를 꺼내 뭘 쓰고 계세요. 근데 그게 뭐냐면요, 시예요." 처음 본 사람에게서 그런 얘기를 들었다. 매우 바쁜 일상을 살아오면서도, 오랜 시간, 혼자, 묵묵히, 시를 써왔다는 그분이, 그분의 시가 궁금했다.

### 오른쪽 페이지

통영의 어느 방에서 자연스럽게 '시 낭독'이 시작되었다. 그곳에는 문학평론가 황현산 선생님, 프랑스 사람, 또 만나면 좋은 여럿이 있었다. 장석 시인의 시 중에서 황현산 선생님은 유머러스한 시를 읽으셨다. 마치 촉각으로 읽는 듯한 프랑스 사람의 한국말 발음이 신선했다. 그때 나는 지독한 감기에 걸려 있었는데, "시에서 김춘수 시인의 감각이 느껴져요. 같은 통영 물빛이에요" 하니까, 황 선생님이 고개를 천천히 끄떡이는 특유의 동작으로 동의를 표해주셨다. 장석 시인에 대한 이야기를 처음 들은 날은 몇 년 전, 장석 시인을 자연스럽게 만나게 된 것은 그날로부터 얼마 후, 그의 오랜 터전이기도 한 통영에 가게 된 것은 또 몇 달이 지나서였다.

### 그리고 오른쪽 페이지와 왼쪽 페이지 사이

다음 날 아침, 통영의 이곳저곳을 혼자 걸어 다녔다. 통영의 겨울빛은 깨끗하고 따스했다. 시민목욕탕이라고 써진 오래된 굴뚝도 보고 김춘수 시인의 시비도 읽고, 해풍이 키우는 나무들도 보고, 통영 항구도 걸었다. 그러면서 문득 장석 시인만의 '동심원'을 만났던 것 같다. "밀물로부터는 열 걸음/썰물로부터는 백 걸음" (「영도 남항」)이라는 순리의 그곳, "심장도 없고 영혼도 없는 빈터가/숲의 속고갱이라면/심장과 영혼은 비어 있는 곳에 있다면"(「숲속의 빈터」), 이런 통찰이 스민 그곳, "세계는/어둠과 빛 사이 틈새에/모두 잘 숨어 계시다"는 '커튼' 뒤 말씀이 깃든 그곳, "내 궁리와 내 땅심과 내 영혼으로"(「두루미에게」) 시를 빚어내는 그곳 말이다.

## 손바닥 가득 담긴 시

"손바닥 가득 담긴 시를 보여다오"(「패배한 시인에게」), 자신에게 이런 주문을 할 수 있게 되었다면, 그는 자신이 그런 손을 가졌는지 모른 채 꽤 많은 날을 시를 써온 사람일 것이다. 이 사랑이 왜 멈추지 않는지 알 수 없어, 물음표를 세워보고 마침표도 찍어보다, "물음표를 눕히고/느낌표를 묘비로 세"우는(「나그네새」) 힘을 갖게 된 시인일 것이다. 많은 시간이 지나서야 비로소 자신이 그런 손의 소유자임을 알게 된 존재일 것이다. 그러나 여전히 손바닥이 품은 시는 알고 싶어 하지 않는, 다만 "무지를 부여잡고 떠내려가면서/나는 본다"(「슬픔」)는 손금을 밀고 가는 존재일 것이다.

시가 담긴 손으로 행하는 삶에는 당연하게도 시가 들어 있을 것이다. 시와 삶은 한곳의 무늬다. "우리의 삶

은 배처럼 생겼어//배의 코와 이마를 보며/언젠가 가
라앉을 운명이라고 말하네"(「생생한 꿈」)와 "나는 이
바다에/많은 사람들과 함께 있네/이것은 별처럼 빛나
는 꿈이네"(「생생한 꿈」)는 '다름'이 아니라 '펼쳐진 같
음'이다. 그러므로 '시의 삶'은, '삶의 시'는 계속해서
이 "무대"에서 상영될 것. 손금을 부여받은 시인은 열
심으로 영사기를 돌리는 자리에 있을 것. "반은 까맣게
반은 빨갛게 기다리"(「안부」)는 난처한 운명을 벗어날
수 없다 해도, 모르는 사랑이 빚어내는 다음과 같은 '시
의 트라이앵글'은 그의 미래에 이미 도착해 있는 것.


　사랑에 빠지지 않은 오늘은 없다

　입을 벌린 것들도

　단호히 다문 것들도

　　　　　　　　　　　　　　　　　―「통영항 1」 부분


　우리의 몰골에 쏟아지는

　빛의 폭우를 온종일 보려면


　여기에 서 있을 일이다

　　　　　　　　　　　　　　　　　―「통영항 2」 부분


　그의 북위 37도 20분 23.75초에서

붉은 눈망울이

우리 별의 봄이 열리고 있네

　　　　　　　　　　　—「봄, 북위 37도 20분 23.75초」 부분




## 동심원 모델

### 감각의 재분배

　나란히 출간된『사랑은 이제 막 태어난 것이니』에는 긴 시간 동안 쓴 작품들이, 이 시집『우리 별의 봄』에는 최근 몇 년 동안 쓴 작품들이 꾸려졌다. 데뷔 이래 변하지 않은 것은 '감각의 투명성'이고, 달라진 것은 '감각의 재분배'다. 통영 물빛을 담은 그만의 '감각'이 여전하다는 것은 시선과 느낌의 공기 방울을 잃어버리지 않았다는 뜻. 이후 '감각의 재분배'를 감행할 수 있었다는 것은, 감각을 지키는 데 머물지 않고, 감각을 실천하는 이행(移行)을 선택했다는 뜻이다.


　아주 눈이 어둑합니다


　검안을 마친 주인이 애기한다


　손님은 개의 시야를 오래 쓰셨소

이제 바꾸셔야 하는데

먹이를 더 잘 찾으시는 게 중요하다면
젊지만 노련하기도 한 늑대의 시야도 있소

(……)

나이 지긋하시니
늘 넉넉한 밀물의 시야는 어떻소
그물도 성글게 조절해 웬만한 건 다 통하게요

　　　　　　　　　　　　　—「시야를 파는 안경점」부분

　감각을 어떻게 실천할 수 있을까. 그것을 위해 그는
시간을 거슬러 오르는 '회귀'를 선택한다. 즉 '미래라는
회귀'를 선택한다. 시가 담긴 손과 삶에 담긴 시를 동시
에 '살아야-살아내야-살고자' 했음을 알기에, "시야
를 파는 안경점"에서 개의 시야-늑대의 시야-밀물의
눈으로 갈아 끼워본다. "제일로 좋은 부위/내 유년의
다습부터 여듭까지"(「기억을 파는 푸줏간」), 말과 소를
세는 다습과 여듭으로, 즉 인간의 굴레에 본격적으로
들어서기 전인 '무명의 시간'을 호명하며, "시간을 끊는
푸주한" 앞에도 서본다.
　그곳들에서 "시인과 새와 여인과/늙음과 깃듦과 슬

품을 위해"(「화요일의 성가대」) 입 모양을 만드는 마디마디를 만나고, "일곱번째 새끼/여섯째가 나오고 두 시간 후/아무도 모르게 엄마도 모르게 혼자 나온 아이//돼지우리 냄새의 여름날 저녁/어린 나는 겸손한 아름다움을 알았"(「시의 이빨」)던, 유치(乳齒)를 간직한 어린 시간과 대면하기에 이른다. 그곳은 "새는 내 고요를 쪼고/다시 하늘로 향했을 뿐"(「충적세의 굴」)인, 고요의 내부인 나의 내부와 우주의 내부인 텅 빔의, 바로, 원래 그 자리.

### 감각은 동사다

감각이 능동적이 될 때, 회귀를 미래로 선택해서 시인이 그곳에 함께 뛰어들 때, 풍경들은 전혀 다른 분할과 배치를 발명해낸다.

풍경은 기만적일 수 있다. 종종 풍경은 거기서 살고 있는 사람들의 삶이 펼쳐지는 무대라기보다는 하나의 커튼처럼 보인다. 그 뒤에서 사람들의 투쟁, 성취 그리고 사건들이 벌어지고 있는 그런 커튼….

그 주민들과 함께 커튼 뒤에 있는 이에게, 풍경은 더 이상 지리적인 대상에 그치지 않고 전기(傳記)적이고 개인적인 그 무엇이 된다.

—존 버거, 『행운아』(김현우 옮김, 눈빛)

즉 풍경이 풍경의 커튼을 열어젖히는 발명의 순간은 보는 자의 자리와 관계가 있다. 바라보는 자를 넘어서서 기꺼이 커튼 뒤의 자리로 이동할 때, 사실과 진실이라고 믿었던 확고함이 무너지는, 전혀 다른 개방이 나타난다. 그곳은 "말라비틀어져 구석에 박힌 불가사리／작은 별을 닮았던 사랑은／다시 한 번 어둠 속에서 눈뜰 수 있을까"(「낡은 배의 굴뚝에서 나오는 연기」)라는 질문을 거듭해야만 열리는 자리이기에, 그 자신 또한 "전기(傳記)적이고 개인적인 그 무엇이" 되는 전회를 맞이한다.

**꽃을 꺾지 말아라 세상을 위해 켠 화엄을**

동사가 된 감각은 머무르지 않고 나아간다. 달라진 감각의 위치에서, "달과 트럼펫 사이"를 오가면서 점점 더 세분화되는 감각은 "통영 바다의 새해 경제 계획"을 세우는 현실을 수행하면서, "네 눈과 내 눈을 잇"(「섬」)는 "수평선"으로, "지평선"으로 확장되어간다. 나아감은 선언이다. '나부터 그리하겠다'는 것이 선언이므로, 선언하는 목소리는 명령할 수 있는 자격을 부여받는다. "꽃의 시간은 여기에서 오래지 않지만／분명한 색으로 느낌표를 만"든다는 깨달음을 목도한 자의 목소리이기 때문이다.

지금

이야기의 전부가

제 삶의 전모가

이토록 하얗게 덮여 있습니다


(……)


밤하늘의 별까지 올랐다가

가장 낮은 제일 더러운 땅으로

끊임없이 내려온 적이 있었느냐고

—「첫눈」 부분


그러므로 선언이자 명령이 깃드는 곳은 기어이 첫눈을 보는 자리. "가장 낮은 제일 더러운 땅"이 "별"을 품고 있음을 잊지 않는 자리. 몸 없이도 동사가 된 감각이 이루어내는 투쟁과 성취의 자리. "우리의 피는 심방 안에서 하나가 되어/미래세의 동맥으로" 흘러, "너의 여진으로/해일로 몰려가는 우리를 보"(「여진으로 해일로 우리는 간다」)겠다는 선동의 자리. 풍경은 물결이 물결은 "촛불"이 되는, 그러니까 몸 없이도 동사를 이루어낸 감각의 승리처럼, "부러진 바람과/부러진 말과/크게 굽은 만과/그 안의 새우와 조개와 배와 사람/부러진 마음", "홀로 집으로 가는 밤", "부러진 손으로 든 보따리와/길에 흘린 노란색"으로 만든, "부러진 가지에 앉은 아침 빛"(「부러진 가지에게」)을 보게 된다는, 그런 염원의 자리.


## 작아서 아름다운, 작아서 소중한

지금도 여전히 진행 중인 장석 시인의 동심원 모델. 그 중심은 "내 뒤로는 은하가 흐르고/내 앞에는 홍매 꽃 핀 봄이 있다"는 제일 크고 제일 작은 것을 보는 감각. 이 시구가 담긴 시의 제목이 '배후'라는 것을 감안한다면, 우주가 나의 배후라는, 즉 제일 큰 것을 믿고, 아주 작은 것들을 보겠다, 더 보겠다, 더 돌보겠다는 방향. "볕은 오로지/시금치와 어린 쑥을 향"(「섬 볕」)한다는 방향.

장석 시인의 이번 시집에는 작아서 아름다운, 작아서 소중한 시구들이 숨겨져 있다. 이번 시집을 읽으면, 반짝이는 시구들을 발견해보는 기쁨을 가질 수 있다. "이제껏 태어난 적 없는/별의 소리를"(「가을밤」) 들을 수 있는 곳에 감춰져 있어, 읽는 사람도 그 상태가 되어야만 보인다. 이곳이 바로 장석 시인이 도달한 언어의 지점일 것이다. 가장 가깝고 가장 먼 시계추처럼 흔들리는, 상반되는, 아름다운 두 시에 잠시 침잠해보자.

어느 곳인가에
노인으로 태어나 점점 젊어지다가
바알간 아기로 세상을 뜨는 사람들
그런 나라가 있다는 풍문을 들었네

여생을 마무리하며
기도하리라

건어물전에 널린 마른 생선으로 생겨나
바다에 도로 던져져
깊고 푸른 삶을 헤엄치다
치어로 알로 점점 어려져
수면 아래 내려온
빛 속에서 소멸하기를

만 리가 넘는 철새의 마지막 비행에서
부리 노란 아기새로 도착하여
툰드라의 알로 끝날 수 있다면

길에 구르는 낡은 낙엽으로 시작하여
벼락에 한 팔을 잃는 고목과
울울한 숲의 젊은 나무로 서 있다가
작은 짐승 혀 앞의 순과

겨울잠을 위한 도토리로

선종하리라

—「염송」 전문

작은 새

내 시야의 첫 정거장으로 날아온 새
노래를 두고
숲의 다음 정거장으로 떠나간 새

아침처럼 작고 반짝이고
빛처럼 날랜 잿빛 새

수풀에 아이를 둔 어미 새인지
어미를 둔 아기 새인지

날아오고
사라지고
그 사이의 노래

숲 냄새와 온기의 작은 새알

—「새 울음」 전문

이 말간 회귀. 이 말간 복기. 이 말간 역전. "염송"과 "새 울음" 사이, 서늘하고 아득한, 그래서 여기가 더 잘 보이는, 은하도 홍매도 더 잘 보이는, 어쩌면 "북위 37도 20분 23.75초"의 바로 그 지점.

지금까지 그래 왔듯 장석 시인은 "어둠과 빛 사이 틈새"에 잘 숨어 계실 것이다. "충적세의 굴"을 캐는 손은 실천의 방향으로 내내 진화 중일 것이다. "작은 짐승 혀 앞의 순과/겨울잠을 위한 도토리", 두 손과 두 발은 '공손'이라는 것을 알려오는 곳. "숲 냄새와 온기의 작은 새알"이 "새 울음"이라는 곳. 거기가 장석 시인이 먼저 거슬러 올라본 "우리 별의 봄". 우리도 보고 싶은, 순하디순한, 우리 별의 봄.

## 시인의 말

    시 쓰기의 도로 원표에서 멀리 가지 못하고 맴도는 사람이 말한다. 지난 삼 년 동안에 쓴 시들에서 대개 추리고, 등단작인 「풍경의 꿈」을 비롯해 여기에 함께 묶었으면 하는 몇 편의 시들로 두번째 시집을 꾸몄다. 그러하니 지난 세기 칠팔십년대 화덕의 유구에서 나온 마른 그릇이 아니라, 아직 성한 새것이다. 오로지 나의 깜냥과 명운이기는 하나, 쓸모 있고도 아름답기를 바라는 마음이다. 그러하지 못하다면, 목적지에 이르기 위해 나는 더 많은 시간을 하릴없이 시를 만드는 데 쓸 일이 아니라, 우리 우주와 세계가 늘 쓰고 있는 시를 잘 들어야 하겠다.

2020년 2월
장석

# 우리 별의 봄

© 장석

| 1판 1쇄 발행 | | 2020년 3월 5일 |
| 1판 2쇄 발행 | | 2020년 4월 10일 |

| 지은이 | | 장석 |
| 펴낸이 | | 정홍수 |
| 편집 | | 김현숙 임고운 |
| 펴낸곳 | | (주)도서출판 강 |
| 출판등록 | | 2000년 8월 9일(제2000-185호) |

| 주소 | | 서울시 마포구 동교로 17안길 21(우 04002) |
| 전화 | | 02-325-9566 |
| 팩시밀리 | | 02-325-8486 |
| 전자우편 | | gangpub@hanmail.net |

값 13,000원
ISBN 978-89-8218-253-2    03810

이 도서의 국립중앙도서관 출판예정도서목록(CIP)은 서지정보유통지원시스템 홈페이지(http://seoji.nl.go.kr)와 국가자료종합목록시스템(http://www.nl.go.kr/kolisnet)에서 이용하실 수 있습니다. (CIP제어번호 : CIP2020007351)